AF369626

Vente du Vendredi 30 Mai 1884

HOTEL DROUOT, SALLE N° 2

TABLEAUX ET DESSINS

ANCIENS

Sculptures par PAJOU, DUMONT et autres

Dépendant de la Succession de M. Dumont

TABLEAUX ANCIENS & MODERNES

AQUARELLES, MINIATURES

SCULPTURES EN MARBRE, FAÏENCES, PORCELAINES DE SAXE

Appartenant à MM. X.

EXPOSITION PUBLIQUE

Le Jeudi 29 Mai 1884, de 1 heure à 5 heures.

Me Maurice DELESTRE	M. B. LASQUIN
COMMISS^{re}-PRISEUR	EXPERT
Rue Drouot, 27	Rue Laffitte, 12

PARIS — 1884

Vᵛᵉ **RENOU, MAULDE et COCK**

IMPRIMEURS DE LA COMPAGNIE DES COMMISSAIRES-PRISEURS

Rue de Rivoli, 144

CATALOGUE

DE

TABLEAUX ET DESSINS

ANCIENS

Sculptures par PAJOU, DUMONT et autres

Dépendant de la Succession de M. Dumont

TABLEAUX ANCIENS & MODERNES

AQUARELLES, MINIATURES

SCULPTURES EN MARBRE, FAÏENCES, PORCELAINES DE SAXE

Appartenant à MM. X.

Dont la vente aura lieu

HOTEL DROUOT, SALLE N° 2

Le Vendredi 30 Mai 1884

Par le ministère de Me **M. DELESTRE**, Commissaire-Priseur.
rue Drouot, 27.

Assisté de **M. B. LASQUIN**, Expert, rue Laffitte, 12.

EXPOSITION PUBLIQUE

Le Jeudi 29 Mai 1884, de 1 heure à 5 heures.

PARIS — 1884

CONDITIONS DE LA VENTE

La vente se fera au comptant.

Les Acquéreurs paieront CINQ POUR CENT en sus des enchères, applicables aux frais.

DÉSIGNATION

Vente par suite du Décès de M. D.

TABLEAUX

1 — **Bout** (Genre de P.). Paysage.

2 — **Breemberg**. Paysage avec ruines.

3 — **Casanova**. Combat (Esquisse).

4 — **Casanova**. Bataille (Esquisse).

5 — **Crépin**. Paysage.

5 *bis* — **Crépin**. Paysage.

6 — **Debucourt**. Intérieur de ferme.

7 — **Eckart** (Signé). Paysage.

8 — **Gauffier**. Vue de l'Arno, à Florence.

9 — **Guaspre** (Ecole de). Paysage.

10 — **Hue**. Grand Paysage.

11 — **Hue.** Port de mer.

12 — **Van der Kabel.** Marine.

13 — **Lanfranc (Ecole de).** Tête de vieillard.

14 — **Martin.** Bataille (Cadre ancien).

15 — **Milé.** Paysage (Effet d'orage).

16 — **Pynacker.** L'Abreuvoir.

17 — **Savery.** Forêt avec cerfs.

18 — **Svanevelt.** La Fuite en Egypte.

19 — **Taillasson.** Jupiter et Calisto.

20 — **Vauchelet.** Allégorie.

21 — **Ecole française, 1810.** Portrait de femme.

22 — **Ecole française.** Paysage.

23 — **Ecole française.** Paysage.

24 — **Ecole française.** Marine.

25 — **Ecole française.** Paysage.

26 — **Ecole française.** Paysage.

27 — **Ecole de Bologne.** La Vierge et l'Enfant Jésus. (Cadre ancien).

28 — **Ecole flamande.** Un Martyre.

29 — **Etude.** Paysage.

30 — **Etude.** Paysage.

31 — Etude. Paysage.

32 — Etude. Paysage.

33 — Etude. Tête de femme.

34 — Etude. Rochers.

35 — Etude. Marine.

36 — Etude. Papillons.

37 — Etude. Tête de femme.

38 — Ftude. Paysage avec rochers.

39 — Paysage. Un Coin de la villa Médicis, à
    Rome.

—

DESSINS ET AQUARELLES

40 — **Boucher** fils. Intérieur d'église et figures
    (Sépia).

41 — **Douchot.** Son Portrait (Crayon).

42 — **Bourgeois** (Constant). Entrée de la villa Bor-
    ghèse (Lavis).

43 — **Bourgeois** (Constant). Le Village de Ma-
    rengo (Sépia).

44 — **Bourgeois** (Constant). Une Ferme aux en-
    virons de Rome (Sépia).

45 — **Cabat**. Paysage.

46 — **Delarue**. Soldats (Lavis).

47 — **Delaunay**. Environs de Rome.

48 — **De Marne**. Vue de sa propriété en Bourgogne (Aquarelle).

49 — **Dufeux** (C.). La villa Médicis (Sépia).

50 — **Dumont** (J.-E.). Portrait de femme (Sanguine).

51 — **Dumont** (J.-E.). Cavaliers et Soldats.

52 — **Dumont**. Projet pour le fronton du pavillon du milieu du bâtiment de la manufacture de Sèvres. Curieux dessin à la pierre noire, avec approbation datée du 22 janvier 1756. Plus quatre autres projets paraissant se rattacher au même objet.

53 — **Dupré** (A.), graveur des monnaies de la République. Portrait aux trois crayons.

54 — **Drouais**. La Cananéenne aux pieds de Jésus (Esquisse de son grand prix).

55 — **Girodet**. Fuite en Egypte.

56 — **Gros**. Croquis au crayon.

57 — **Greuze**. Etude de femme (Sanguine).

58 — **Julliart**. Deux Paysages.

59 — **Lescot** (Hortense). Portrait de jeune fille. (Crayon).

60 — **Origet.** Femme à son métier (Trois crayons).

61 — **Parrocel.** Une Bataille.

62 — **Robert-Hubert.** Intérieur.

63 — **Vernet** (Horace). Chiens (Plume).

64 — **Vernet** (Horace). Tête de femme morte du choléra.

65 — **Ecole française.** Joueurs d'osselets.

66 — **École française.** Fleuves et Nymphes.

67 — **École française.** Jeune Fille coiffée d'un voile (Crayon).

68 — **École française.** Architecture (Lavis).

69 — **École française.** Tête de jeune fille.

GRAVURES

70 — Sous ce numéro, dix-huit Pièces. Gravures d'après Guérin, Raphaël, Le Poussin, Van Dyck. Plan de Rome. Portrait de Marceau, par Sergent Marceau, etc.

71 — Expressions des passions de l'âme. 22 pièces gravées par J. Audran, d'après Le Brun.

———

DESSINS EN PORTEFEUILLES

73 — Carton contenant trente-six Croquis, Portraits, Charges et Paysages, par Muller, Guillaume, Ballu, Pils, Lehmann, Schnetz, Cabanel, Granet, H. Vernet, Brascassat, P. Delaroche. Seront vendus par lots.

74 — Carton contenant 18 Dessins d'ornements des XVIIIe et XIXe siècles. Vases, Trophées, Consoles.

75 — Carton contenant 23 Dessins et Croquis d'artistes français du commencement du XIXe siècle. Seront vendus par lots.

76 — Carton contenant 22 Dessins, Croquis et Etudes, principalement du XVIIIe siècle.

77 — Carton contenant 45 pièces, Dessins, Etudes, Figures et Paysages, de l'Ecole française.

78 — Carton contenant 28 Dessins, Ornements et Figures, des différentes Ecoles.

79 — Carton contenant 16 Dessins de l'Ecole
française du xviiie siècle.

80 — Carton contenant 14 Dessins de l'Ecole
française, sujets et paysages.

81 — Carton contenant vingt-sept Académies au
crayon et à la sanguine.

82 — Carton contenant vingt-deux Pièces : Croquis, Dessins, Contre-épreuves à la plume,
au crayon et à la sanguine.

83 — Carton contenant quarante-sept Pièces : Dessins et Études à la sépia, à la sanguine et
à l'aquarelle.

SCULPTURES

84 — **Pajou.** Le comte de Provence. Buste en
terre cuite dont le marbre est au château
de Versailles.

85 — **Pajou.** M. Labile. Buste en terre cuite, dont
le marbre est au musée du Louvre.

86 — **Barye.** Oiseau (Bronze).

86 *bis* — **Barye.** Oiseau (Bronze).

87 — **Cartelier.** Deux Bas-Reliefs en cire.

88 — **Courtet.** Pot à tabac en terre cuite.

89 — **David d'Angers**. Le général Bertrand (Bronze).

89 *bis* — **David d'Angers**. Molière (Bronze).

90 — **Dumont** (J.-E.). Michel-Ange, de Caravage. Buste en terre cuite.

91 — **Dumont** (J.-.E). Eve (Terre cuite).

92 — **Dumont** (J.-E.). La Comparaison (Terre cuite).

93 — **Dumont** (J.-E.). Statuette de jeune femme avec urne (Terre cuite).

94 — **Dumont** (J.-E.). Malesherbes (Terre cuite).

95 — **Dumont** (J.-E.). Louis d'Outremer (Terre cuite). Esquisse de la statue de Saint Denis.

96 — **Dumont** (J.-E.). Deux Études de fleuves (Terre cuite).

97 — **Dumont**. L'Amour sur un char traîné par des papillons (Bronze).

98 — Buste de jeune fille (Terre cuite).

99 — Buste d'homme (Terre cuite).

100 — Statuette de jeune femme drapée (Terre cuite).

101 — Statuette de jeune femme voilée (Terre cuite).

102 — Nessus, groupe (Terre cuite).

103 — Deux Bas-Reliefs (Terre cuite).

104 — Trois Esquisses de fronton (Terre cuite).

105 — Étude de femme : bas-relief (Terre cuite).

106 — **Braemt.** Saint Michel (Bronze).

107 — **Braemt.** Médaillon de M. de Brouckère (Bronze).

108 — Bois. Statuette de Vierge et Christ en croix.

109 — Cire. Portrait d'homme.

109*bis* — Plâtre. Médaillon de **Nourrit.**

AQUARELLES ET DESSINS

DE LA COLLECTION DE M. P...

110 — **Brignoli.** Page jouant du luth (Aquarelle).

111 — **Detti.** Page et Bouffon (Aquarelle).

112 — **Mantegazzi.** Jeune Fille (Aquarelle).

113 — **Miller** (Carlo). Paysan romain (Aquarelle).

114 — **Minardi.** Deux crayons. Bustes d'après l'antique.

115 — **Promaggi**. Enfants au bain (Aquarelle).

116 — **Promaggi**. Incroyables (Aquarelle).

117 — **Promaggi**. Moine et jeune Fille (Aquarelle).

118 — **Raphaël** (D'après). Vierge (Sanguine).

119 — **Rauch** (C.). Partie d'échecs (Aquarelle).

120 — **Tapiro**. Paysan romain (Aquarelle).

121 — **Wille**. Tête d'homme (Sanguine).

122 — Gouache ancienne : Sainte Famille. Cadre sculpté.

123 — Miniature : Portrait d'artiste. Cadre sculpté.

124 — Aquarelle : Tête de Moine. Cadre sculpté.

125 — Portrait d'homme Louis XIII. Cadre sculpté.

TABLEAUX ET OBJETS D'ART

APPARTENANT A MM. X.

126 — **Breughel** (École des). Les Tireurs d'arc.

127 — **Dyck** (D'après van). Gentilhomme à cheval (Esquisse).

128 — **Diaz** (Genre de). Nymphe et Amour.

129 — **École anglaise**. Portrait de jeune Femme, les cheveux flottant sur les épaules.

130 — **Jeaurat**. Intérieur Louis XV.

131 — **Lantara**. (Genre de). Deux Paysages.

132 — **Max** (Claude-J.). Amazone au bois.

133 — **Poirson**. Le Départ pour la promenade.

137 — **Vallin**. Têtes de jeunes filles. Quatre tableaux.

138 — **Vallin** (D'après Prudhon). Portrait de Mlle Laforêt.

139 — **Vallin**. Deux Pendants : Têtes de Bacchantes.

SCULPTURES

140 — Marbre blanc. Groupe des Trois Grâces ; socle en marbre.

141 — Marbre blanc. Statue de Pàris. Grandeur trois quarts de nature.

142 — Médaillon ovale en terre cuite, surmoulé d'après **Clodion**.

FAIENCES ANCIENNES
ET PORCELAINES DE SAXE

143 — Vase cylindrique en ancienne faïence de Castel-Durante à médaillons, portraits de femmes et rinceaux de feuillage.

144 — Bouteille, à panse sphérique , en ancienne faïence de Caffagiolo, décorée d'une figure de femme debout, entourée d'une guirlande de feuillages et d'un listel sur lequel on lit le mot *Abugulosse*.

145 — Bouteille, de forme et de décor analogues à la précédente, offrant une figure de femme drapée entourée par le nom *A. Artemisia*.

146 — Bassin ovale en ancienne faïence de Moustiers, à décor polychrome, offrant au centre le sujet de Persée délivrant Andromèdre et, au bord, des festons de fleurs.

147 — Plat en ancienne faïence hispano-arabe, à décor à reflets mordorés.

148 — Petite Soupière à couvercle en terre émaillée du Midi, à ornements et têtes de chérubins en relief.

PORCELAINES DE SAXE

149 — Jolie Figurine de bergère en vieux Saxe, corsage jaune, jupe bleue et tablier à fleurs.

150 — Groupe de trois enfants en vieux Saxe.

151 — Figurine allégorique de l'Afrique, en porcelaine de Saxe Marcolini.

152 — Deux Figurines en vieux Saxe : le Printemps et l'Automne.

153 — Groupe de trois Enfants sur un rocher (Biscuit).

MINIATURES

154 Miniature ovale sur ivoire : Jeune Femme, la chevelure blonde, les seins nus (École anglaise).

155 — Miniature : Portrait de Frédéric le Grand.

156 — Miniature : Portrait de femme, attribué à **Hogarth**.

157 — Miniature sur ivoire : Portrait d'homme, attribué à **Cosway**.

158 — Jolie Miniature ovale du xviiie siècle : Portrait d'homme à longue perruque poudrée.

159 — Quatre Miniatures, disposées en croix et exécutées d'après les maîtres italiens.

160 — Quatre autres Miniatures, même disposition.

161 — Miniature anglaise : Portraits de M. et Mme Mackinnon, par **F. Read**, d'après Hogarth. Cadre sculpté.

OBJETS DIVERS

162 — Lion combattant un taureau (Bronze).

163 — Deux Statuettes d'enfants qui pleurent (Ivoire).

164 — Peinture persane sur verre, représentant un shah et une danseuse.

165 — Deux Tableaux en verre églomisé, or et argent. Vues de Hollande, signés **Zeuner**, 1776.

Vve Renou, Maulde et Cock, impr^s de la Cie des Commissaires-Priseurs, rue de Rivoli, 144.   300—48138